Pedro, Pedro, come calabazas

Adaptado por Logan Avery
Ilustrado por David Catrow

Pedro adora
comer calabazas.

Las come todo el día.

Pedro también
adora a su esposa.

Comen calabazas
uno al lado del otro.

Pero tienen un problema.

¡No tienen una casa!

Comen calabazas
y piensan.

¡Entonces Pedro tiene una gran idea!

¡Hacen una casa
de calabaza!

Ahora adoran aún más las calabazas.

Créditos de publicación

Rachelle Cracchiolo, M.S.Ed., *Editora comercial*
Nika Fabienke, Ed.D., *Directora de contenido*
Véronique Bos, *Directora creativa*
Shaun Bernadou, *Directora de arte*
Stephanie Loureiro, *Editora asociada*
Caroline Gasca, M.S.Ed., *Editora superior*
Jess Johnson, *Diseñadora gráfica*

Créditos de imágenes: Ilustraciones de David Catrow.

Library of Congress Cataloging-in-Publication Data

Names: Avery, Logan, author. | Catrow, David, illustrator.
Title: Pedro, Pedro, come calabazas / adaptado por Logan Avery ; ilustrado por David Catrow.
Other titles: Peter, Peter, pumpkin eater. Spanish
Description: Huntington Beach, CA : Teacher Created Materials, [2020] | Audience: Grades K-1.
Identifiers: LCCN 2019051530 (print) | LCCN 2019051531 (ebook) | ISBN 9780743927963 (paperback) | ISBN 9780743928113 (ebook)
Subjects: LCSH: Spanish language--Readers.
Classification: LCC PC4115 .A7853 2020 (print) | LCC PC4115 (ebook) | DDC 468.6/2--dc23

TCM Teacher Created Materials
5301 Oceanus Drive
Huntington Beach, CA 92649-1030
www.tcmpub.com

ISBN 978-0-7439-2796-3